LA PRIÈRE

DE CÉLINE.

LA PRIÈRE

DE CÉLINE.

Aimons, prions, les Dieux féront le reste.

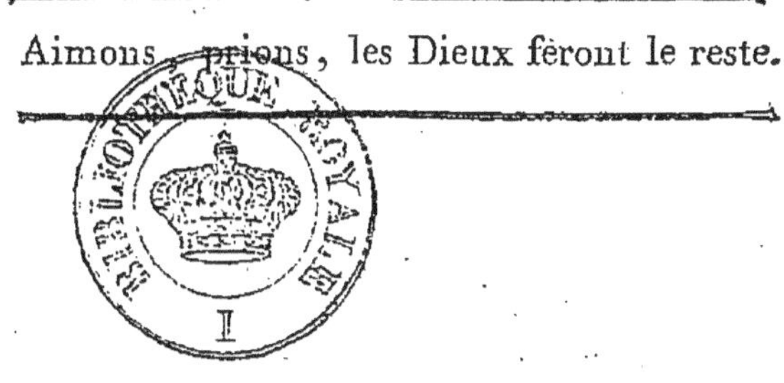

A PARIS,

Chez DABIN, Libraire, Palais du Tribunat.

1807.

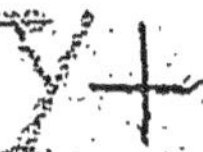

A

CÉLINE.

J'y consens, puisque tu le veux,
Sois dévote , charmante amie ;
Mais gardes-toi de prendre pour tes Dieux,
Odin , Jéhovah , le Messie.
Tous ces Dieux-là sont peu gais , entre nous,
Leur paradis ne tente guère.
Celui de Mahomet pourrait assèz te plaire ;
Mais l'Amour est cent fois plus doux ,
Et ses élus sont heureux sur la terre.

N'adore donc que lui, sois fidèle à sa loi:

Aimer, est toute sa doctrine;

Et pour t'affermir dans la foi,

Redis souvent, belle Céline,

La Prière qu'à Gnide, il m'enseigna pour toi.

LA PRIÈRE

DE CÉLINE.

Au nom de l'enfant de Cythère,
Et des désirs et de leur mère.
Ainsi soit-il.

PATER.

Amour, tu règnes en tous lieux :
Que ton nom soit béni, que ta douce puissance
Soit la première ici-bas comme aux cieux.
Dieu charmant de la jouissance,
O toi, le plus fêté des Dieux !
Rends chaque jour mon sort digne d'envie ;

Que mon amant meure de volupté,

Entre les bras de son amie !

Pardonne-moi la jalousie,

Comme mon cœur pardonne à la témérité.

Obtiens que de Vénus je sois toujours chérie,

Que toujours je succombe à la tentation,

Et délivre-moi , pour la vie,

Des scrupules de la raison.

Ainsi soit-il.

A·V·E.

Je te salue, aimable sœur des Grâces,

Vénus pleine d'attraits et brûlante d'amour;

Les ris , les jeux folâtrent sur tes traces ,

Et le plaisir est l'ame de ta cour.

Que tout mon sexe adore ton empire

Et ne suive plus que ta loi!

Belle Vénus, daignes prier pour moi;

Fais que l'amant pour qui seul je respire ,

Me conserve à jamais sa foi.

Ainsi soit-il.

CREDO.

Je crois à l'enfant de Cythère,
Conservateur du ciel et de la terre.
Je crois à son fils, le plaisir,
Qui nâquit d'un baiser donné par le désir ;
Qui gémit sous l'indifférence,
Qui fut trahi par l'impuissance,
Livré par la fatuité,
Sacrifié par l'avarice,
Enseveli par l'injustice,
Et tout-à-coup ressuscité,
Par la constance et la fidélité.
Je crois à Vénus, aux trois Grâces,
Aux mystères de Gnide, à l'essaim des Amours,
Que la beauté, par des soins efficaces,
A, sur ses pas, enchaîné pour toujours.
Je crois à la réminiscence,
Et des transports et des plaisirs.
Je crois au pardon de l'offense.
De mon amant, je crois que les désirs
Renaîtront chaque jour en redoublant sa flamme,

Je crois à la félicité,

Au délire des sens, à l'ivresse de l'ame;

Je crois à tout, hormis à l'infidélité.

Ainsi soit-il.

CONFITEOR.

C'est à toi que je me confesse,

Amour, Dieu tout-puissant, seul Dieu de la jeunesse;

A Vénus toujours belle, aux désirs renaissans,

Aux vrais plaisirs, à tous les sentimens;

A toi sur-tout, objet si cher à ma tendresse!

Je viens donc m'accuser d'avoir fait ton bonheur;

J'ai trop suivi le penchant de mon cœur:

Que je suis grande péchéresse!

Oui, j'ai péché par action,

Par penser, par parole et par omission.

C'est ma faute, ma faute, ah! ma très-grande faute!

Et c'est aussi la tienne, ô mon amant!

C'est donc pourquoi, dans ce moment,

Je supplie, en humble dévote,

Et Vénus et toute sa cour,

D'avoir pitié de ma faiblesse,

Et de prier pour nous sans cesse,
Notre Sauveur, le Dieu d'Amour.
Ainsi soit-il.

ACTE D'AMOUR.

Amour, le tendre Amour, dispose de mon ame;
Je dois tout espérer de ce Dieu créateur.
Il me pénètre, il m'enivre, il m'enflamme;
Et pour asile, il a choisi mon cœur.
Amour, le tendre Amour, dispose de mon ame;
Je dois tout espérer de ce Dieu créateur.
Ainsi soit-il.

NOTES.

ODIN, conquérant et législateur du Nord, devenu le premier et le plus ancien des dieux, suivant l'*Edda*. C'est le Mars des Scandinaves; il assigne pour séjour à tous ceux qui sont tués les armes à la main, les Palais de Valhalla et de Vingolf, et leur fait donner le nom de Héros.

Des historiens germains prétendent qu'*Odin* fut roi du Nord, et que, pour inspirer à ses sujets le mépris de la mort, il se perça d'une flèche en leur présence ; il mourut de sa blessure quelques momens après. On lui fit de magnifiques funérailles, et on lui rendit les honneurs divins.

JÉHOVAH, nom de Dieu chez les Hébreux. Ce mot joue un grand rôle parmi les cabalistes juifs; ils expliquent chacune des lettres qui le composent, et leur donnent une signification toute particulière. Les plus fameux prétendent que celui qui prononce le nom de l'Éternel, ou de *Jéhovah*, fait mouvoir les cieux et la terre à proportion qu'il remue sa langue et ses lèvres. Les Anges sentent ce mouvement de l'univers, etc.

Consultez pour plus de détails ridicules, le *Dictionnaire de la Fable*, de M. Noel.

FIN.

OUVRAGES sous presse, du même Auteur.

LA CAPUCINIÈRE, ou le BIJOU

enlevé à la course, POÈME en cinq Chants, avec cette Épigraphe :

Je vais chanter les secrets d'un couvent.

LES GALANTERIES des Saints, avec

cette Épigraphe :

Les *Saints* sont *dans le Ciel* pour nos menus plaisirs.